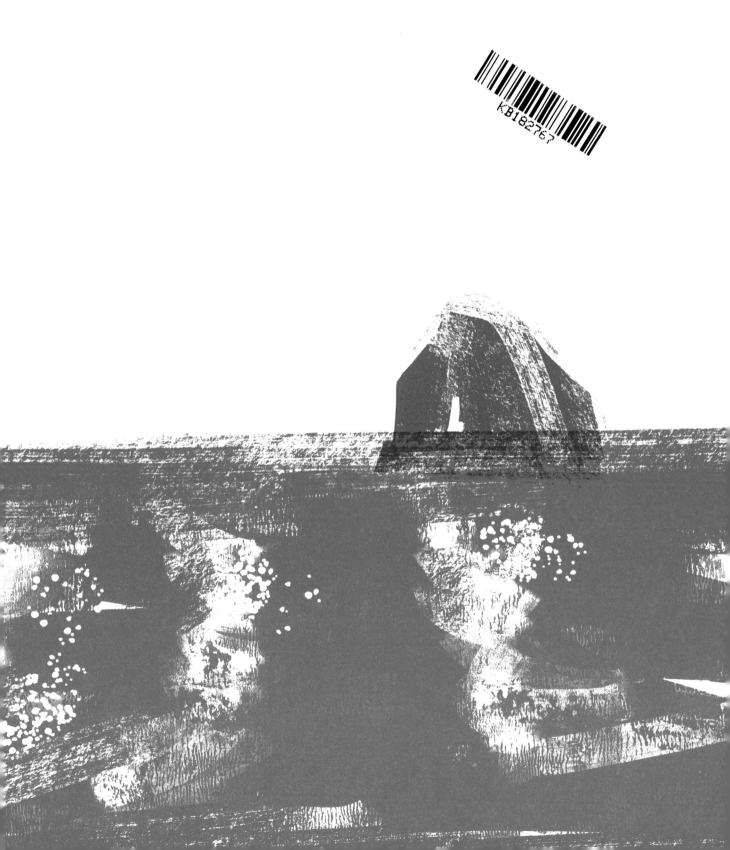

바다는 다시
바다가 된다

김영탁

영화감독 겸 작가. 영화 〈헬로우 고스트〉, 〈슬로우 비디오〉를 만들었다. 2011년 〈헬로우 고스트〉로 제25회 일본 후쿠오카 아시안 영화제 그랑프리, 제11회 스위스 뉴샤텔 판타스틱 국제영화제 최우수 아시아영화상, 제47회 백상예술대상 신인감독상을 수상했고, 대종상 시나리오상과 신인감독상 및 청룡영화상 신인감독상 후보에 올랐다. 2015년 〈슬로우 비디오〉로 제13회 이탈리아 피렌체 한국 영화제 관객상을 수상했다. 2018년 첫 장편소설 《곰탕》을 출간했다. 현재 《곰탕》 영상화 작업을 진행 중이다.

엄주

대학에서 미술을 전공하고 일러스트레이터로 활동하고 있다. 그림책 《악몽수집가》를 쓰고 그렸고, 《재능을 돈으로 바꿀 수 있을까》를 쓰고, 《사랑을 한다는 건》 등에 그림을 그렸다. 그 밖에 그림이 필요한 다수의 작업에 참여하고 있다.

바다는 다시 바다가 된다

© 김영탁·엄주, 2025

초판 1쇄 발행 2025년 1월 15일

글 김영탁
그림 엄주

펴낸곳 (주)안온북스 **펴낸이** 서효인·이정미
출판등록 2021년 1월 5일 제2021-000003호
주소 서울시 마포구 월드컵로14길 28 301호
전화 02-6941-1856(7) **홈페이지** www.anonbooks.net
인스타그램 @anonbooks_publishing
디자인 소요 이경란 **제작** 제이오

ISBN 979-11-92638-52-2 (03810)

바다는 다시
바다가 된다

김영탁 글 | 엄주 그림

바다가 놓여 있어.

어린 너는 바다 끝에 앉아 있지.

섬을 보는 걸까?

섬 너머의 풍경을 보던 거였어.
아득한 그 풍경이 궁금해.
초롱초롱한 두 눈은 뾰족해지지.

발끝이 저리도록 보고 싶어.

보이지 않는 곳이 그리워지고 나서야
주변을 둘러보기 시작했어.
니가 있는 곳 또한 섬이라는 걸 알게 됐지.

너를 둘러싼 아름다운 바다가
널 혼자이게 만들었어.
발 위로 밀려오는 새파란 파도가
널 외롭게 해.

저 섬에 가지 않고서는
그 너머의 풍경을 볼 수가 없어.

그 풍경을 보지 않고서는
너의 섬도 의미가 없는 것만 같아.

바다를 건너야 했어.

섬을 살펴봤어.

우물 하나는 있지.

우물에는 물이 고여 있었어.

하늘처럼 파랬지만 바다처럼 짰어.

'마시지도 못하는 우물이 무슨 소용일까?'

섬에는 우물 하나가 더 있었어.

그 우물은 말라 있었지.

"어쩌면 바다를 옮길 수 있겠다."

바닷물 가득한 우물에서 물을 길어

바짝 마른 우물에 부었어.

그걸 매일 해.

매일 하고,
매일 했지.

마른 우물로,
마른 우물로.

우물에 물을 부을수록
바다는 낮아져만 가.

너는 몰랐어.
우물의 아래를,
바다의 속내를.

섬이 육지의 일부가 되었을 때
너는 이미 어른이 되었지.

"이제 저 섬까지 갈 수 있겠다."

땅이 된 바다 위를 걸었어.
섬 너머의 풍경을 보기 위해.

들뜨기도 했는데,
눈으로 본 길은 끝이 없어.

길이 그렇더라.

가까운 길은 높고 평평한 길은 멀지.

지칠 만해.

다 포기하고 싶지.

그럴 만해.

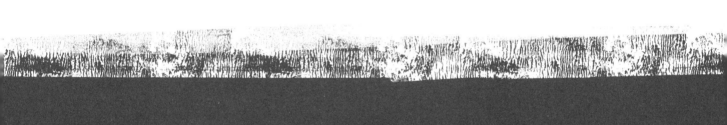

그때, 해마를 만났어.

바닷물이 다 빠졌는데 그런지도 모르는.

여전히 떠다니는 것뿐인데

이제는 날게 된.

"나는 거야? 헤엄치는 거야?"

"넌 바닷속을 어떻게 걸어?"

"이 파랑은 그 파랑이 아니야."

어른이 되고도 긴 세월이 흘러서야
네가 바라보던 섬에 이르게 됐어.
그제야
섬 너머의 풍경이 드러나.
가려진 게 없고 아득하지도 않아.

하지만,
상상하던 풍경이 아니야.
지친 너는 주저앉았어.
바라보게 되었지.

두 눈이 둥글둥글해져서일까.

해마의 말들이 노래처럼 들려서일까.

다르지만, 괜찮아.

괜찮아.

해마의 눈썹이 하얗게 셀 즈음
네 머리가 희끗희끗해질 즈음
어쩐지,
너의 섬에서 보던 풍경이 그리워.
너는 너의 섬으로 돌아가기로 해.

하지만 이미 육지는 사라진 후였지.

바다는 다시 바다가 되었어.

다행히 그 섬에도 우물 두 개가 있어.

"난 이게 뭔지 알지."

다시 물을 길어.

튼튼해진 두 팔로.

긷고 또 길어.

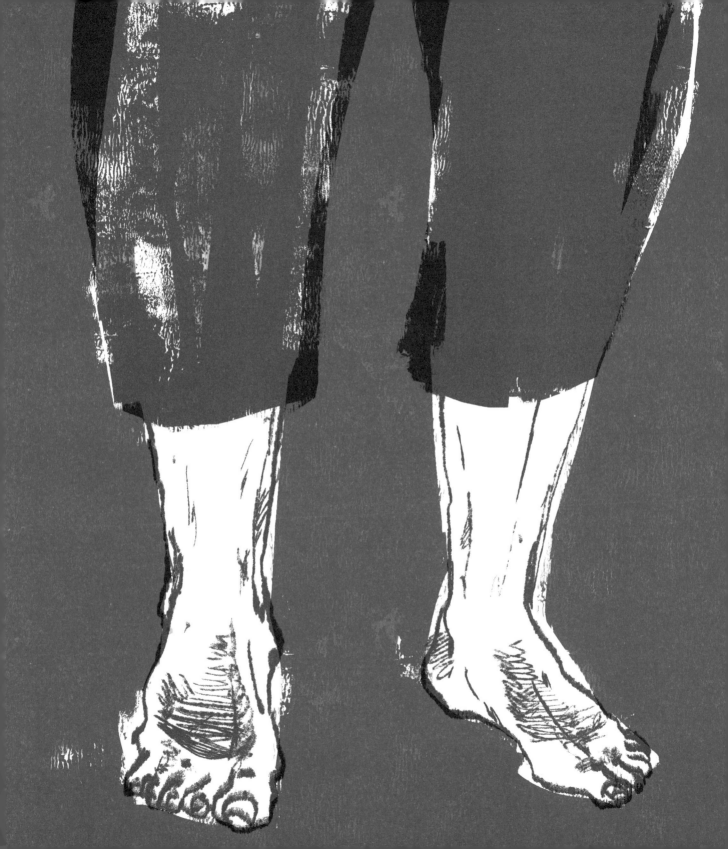

땅이 된 바다를 다시 걸어.

튼튼해진 두 다리로.

걷고 또 걸어.

익숙해진 길은 가깝게 느껴지잖아.

한결 수월해.

게다가 해마도 있고.

해마는 가끔 네 어깨 위에서 쉬어.

오른쪽 왼쪽 번갈아가며 앉지.

너는 네 섬으로 돌아왔어.

그런데,

희한한 일이지.

풍경이 예전 같지 않아.

아무리 기억해봐도,

니가 오랜 세월 봐왔던 풍경과는 다른 것 같아.

어떤 초록이,

풍경의 한쪽에 더해졌어.

분명해.

풍경이 바뀌었어.

"으잉? 저게 뭐지?"

궁금하지만,

그리움은 하루 중 네가 가장 아끼는 일과가 되었어.

해마가 니 어깨에서 자는 시간은 더 많아졌고.

틈틈이 해마를 깨우기도 해야 하지.

그 초록을 보러 갈 수는 없어.

바뀐 풍경을 너는 볼 수 없을 거야.

그렇지만, 괜찮아.

괜찮아.

어딘가에서는 보이겠지.

누군가는 볼지도 모르지.

어쩌면.

어쩌면,

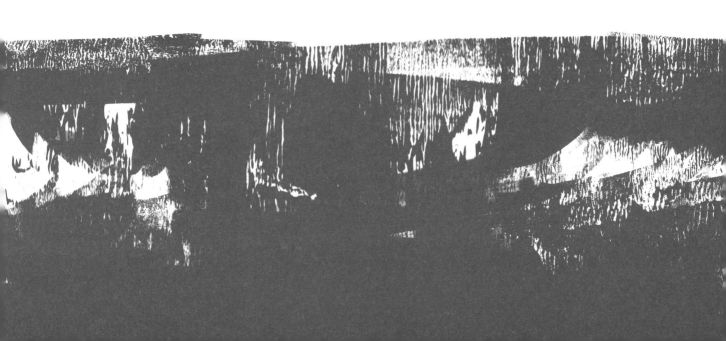

세계가 되었을지도 몰라.

여자는 길 가운데 쓰러져 병원으로 옮겨졌다.

말수가 적은 여자의 입은 긴 호스를 물었다.

여자의 말수가 적은 건 긴 세월 너무 많은 혼잣말을 바다에 건넸기 때문이다.

여자가 뱉어낸 힘든 말과 더 힘든 말, 어쩌다의 즐거운 말까지 모두 바다가 들었다.

여자는 육지에 와서 딸을 낳았다.

걷기 시작한 딸을 데리고 새벽 버스에서 꾸벅꾸벅 졸았다.

아침이 오는 바다를 딸은 여자의 품에서 처음 보았다.

여자를 바다가 보이는 병실에 모시지 못한 게 미안했다.

바다는 멀고 병실을 고를 여유도 딸에게는 없었다.

여자의 침대 가까운 곳에 어항을 놓았다.

어항 속에 푸른 물을 담았다.

푸른 물은 빛을 받으면 깊은 바다 같았다.

운이 좋으면 여자의 얼굴에 바다 그림자가 어렸다.

늦은 밤, 퇴근한 딸은 어항의 물을 갈았다.